मंथन

EK KITAB JISNE MERI DUNIYA BADAL DI

शिल्पा साहा

क्रम-सूची

शीर्षक - एक किताब जिसने मेरी दुनिया बदल दी

एक पुस्तक जिसने मेरे जीवन को प्रभावित किया है उसका नाम है - स्वर्वेद महाग्रंथ।

अबतक आप लोगों ने 4 वेद के नाम सुना होगा। लेकिन स्वर्वेद इन सब से अलग है। यह एक आध्यात्मिक ग्रंथ हैजिसमें परमाणु से परमात्मा तक के सभी बाह्य तत्वज्ञान और अभ्यंतर भेद साधन को सरल हिन्दी भाषा में अनावृत किया गया है। इसमें चारो ग्रंथ के सार मौजूद हैं।

स्वर्वेद महा ग्रंथ एक आध्यात्मिक ग्रंथ है जिसकी रचना महर्षि सद्गुरु श्री सदाफल देव जी अपने 17 वर्ष की कठिन साधना के पश्चात किए थे।

इसमे किसी अन्य पुस्तक या ग्रंथ का सन्दर्भ नहीं लिया गया है।इस ग्रंथ में अनुभूति और अभिव्यक्ति का अद्भूत सामंजस्य मिलता है।

वैसे तो हर दिन मैं इस ग्रंथ के कुछ दोहों का अध्यन करती हूं लेकिन जब कभी किसी कारणवश मन विचलित होता है या जीवन में कोई परेशानी आती है तब मैं इस ग्रंथ को लेकर कोई भी दोहा निकाल कर पढ़ती हूं और आपको यह जानकर आश्चर्य होगा कि वो दोहा मेरे परेशानियों से जुड़ा ही निकलता है और उसका हल भी दोहों में मौजूद मिलता है।

मोटे तौर पर बोला जाए तो यही वो पुस्तक है जो मुझे परेशानी के समय में रास्ता दिखाती है, यही वो पुस्तक है जिससे पढ़कर मेरा विचलित मन शांत होता है।।

इस पुस्तक की एक और खास बात यह है कि अगर इस ग्रंथ के दोहों का ध्यान से अध्यन करने के बाद मेडिटेशन करना आसान होता है।आपके किसी कार्य को करने मे एकाग्रता मिलती हैं

इसका वैज्ञानिक कारण यह है कि जब हम ग्रंथ के दोहों को पढ़ते हैं तो हमारा मन शांत होता है और शांत मन में मेडिटेशन अच्छे से होता है।

इसमे मौजूद दोहों को भावपूर्ण सुनने मात्र से आत्मा के शुभ संस्कार जागृत होने लगते हैं और चेतना ऊर्ध्व होने लगती है.

शरीर में भी थर्राहट हो जाती है।

तो आप सब कब इस पुस्तक के प्रभावी दोहों को अपने जीवन में उतार रहें हैं।।

About Author

- नाम-शिल्पा साहा
- पिता का नाम - लक्ष्मीनारायण साहा
- माता का नाम - संध्या रानी साहा
- मोबाइल नंबर-8540816881
- जन्म स्थान - रांची, झारखंड
- शिक्षा - स्नातक

- लेखन किस विधा में- गद्य, पद्य

- साहित्यिक नाम-शिल्पा साहा उर्फ स्वास्तिका जीवन

- साहित्यिक उपलब्धि- 1999 करगिल युद्ध के दौरान राज्य स्तरीय निबंध प्रतियोगिता में सिल्वर मेडल प्राप्त।

- काव्य रचना, ब्लॉग एलिमेंटरी मैग्जीन एवं स्थानीय अखबार मे रचना प्रकाशित हैं।

   प्रतिलिपि, ब्लाग एलिमेंटरी, शब्द, नोजोटो और what's app के कई काव्य ग्रुप में सक्रिय हूं।

- सामाजिक उपलब्धि- 2010- अखिल भारतीय मानवाधिकार संस्थान मे सक्रिय सदस्य के रूप में नियुक्त।

   2017- अखिल भारतीय मानवाधिकार आयोग द्वारा सामाजिक कार्यकर्ता के रूप में प्रतिष्ठा प्रमाणपत्र।

   2017- ह्यूमन राइट्स प्रोटेक्शन फाउंडेशन, (महिला विंग,झारखंड) के कोषाध्यक्ष के रूप में नियुक्ति।

ABOUT AUTHOR

2017- CFTUI में संयुक्त निदेशक के पद पर नियुक्त।

2018 - झारखंड जम्प रोप एसोसिएशन द्वारा आयोजित जंप रोप गेम में कोच/रिफ्री के लिए डिप्लोमा प्रशिक्षण कार्यशाला में सम्मानित एवं मोमेंटो प्राप्त।

2020 - पीस जस्टिस ह्यूमन राइट्स फाउंडेशन के महिला एवं बाल अधिकारिता विंग के राज्य संयुक्त निदेशक के पद पर नियुक्त।

2022 - अंतर्राष्ट्रीय महिला दिवस के अवसर पर सम्मान पत्र प्राप्त।

पिछले 8 सालों से 15 फरवरी को रोटी डे के रूप में मनाने की पहल जिसमें पिछले 4 सालों से देश के कई शहरों से सहयोग प्राप्त।

About Editor

DR. SUNIL PATIL

नाम:- डॉ. सुनील पाटिल

जन्म:- नीमच (मध्यप्रदेश)

मात्रभाषा: - मराठी

शिक्षा:- एम. ए. (हिंदी), एम.फिल. (हिंदी), बी.ए. (हिंदी), पीएच.डी. (हिंदी)

तकनीकी शिक्षा: अनुवाद एवं पत्रकारिता में स्नातकोतर डिप्लोमा

संप्रति: हिंदी परवक्ता, द्वारकादास गोवर्धनदास वैष्णव कॉलेज (सायं) , चेन्नई -600106.

भाषाओं का ज्ञान:- हिंदी, हिंदी,तमिल,अंग्रेजी

सम्मान:3

• वर्ष 2016 लायंस क्लब इंटरनेशनल पेरिमेड द्वारा बेस्ट टीचर अवार्ड प्राप्त ।

विलक्षाणा एक सार्थक पहल समिति अजायब (हरियाणा) द्वारा
विलक्षणा शोध रतन सम्मान -2021
विलक्षाणा एक सार्थक पहल समिति अजायब (हरियाणा) द्वारा
आचार्य चाणक्य सम्मान-2021
• बोहल शोध मज्जूषा द्वारा इन्टरनेशनल टीचर्स प्राइड अवार्ड 2021

• एम.ए. (हिंदी) स्वर्ण पदक प्राप्त (उब शिक्षा और शोध संस्थान,
दक्षिण भारत हिन्दी प्रचार सभा की चारों शाखाओं में प्रथम)
• राष्ट्रीय एवं अन्तर्राष्ट्रीय पत्र-पत्रिकाओं में शोधलेख प्रकाशित

ई-मेल : sunilpatil7969@gmail.com

1

जीत से पहले ही हार मान लेना

जीवन मे बहुत सी ऐसी घटना होती है जहां लोगों द्वारा चैलेंज किया गया है कि आप जीत नहीं पाओगे या ये जताया गया है कि आपमे क़ाबिलियत नहीं है और कई बार तो परिस्थिति बिल्कुल आपके विरोध में भी हो जाती है अगर ऐसे में आप जीत जाओ तो वो किसी चमत्कार से कम नहीं होता ❖ ❖ ❖

कुछ ऐसी एक सच्ची घटना बताने जा रही हूँ मैं....जो जीवन मे सच्चे और कार्य योग्यता को परिभाषित करता है

1999 मे जब करगिल युद्ध हुआ था तब राज्य स्तर पर एक निबंध प्रतियोगिता किया गया था मैं उस समय चौथी कक्षा में थी। मेरे स्कूल में सभी क्लास के बच्चों के पास एक नोटिस आया कि चौथी कक्षा से 10 वीं कक्षा के बच्चों के लिए निबंध प्रतियोगिता हो रहा है, जो बच्चे निबंध मे भाग लेना चाहते हैं वो नाम क्लास और स्कूल के नाम के साथ अपना निबंध अपने क्लास टीचर को सौंप दे। सबका निबंध पहले प्रिन्सिपल के द्वारा चयनित होगा उसके बाद चयनित विद्यार्थियों का निबंध हेड कौन्सिल जाएगा उसके बाद राज्य में जितने स्कूल कॉलेज हैं उनके प्रतिभागियों से तुलना करने के बाद ही आगे की ओर बढ़ाया जाएगा।अंत तक जिसका चयन होगा उसे डिफेंस ऑफिसर द्वारा सम्मानित किया

जाएगा। निबंध जमा करने की एक तारीख तय थी जिस तारीख तक सभी को निबंध लिखकर दे देना था। निबंध जमा करने की जिस दिन आखिरी तारीख थी दुर्भाग्य से मैं उसी दिन बीमार हो गयी और 5 दिन के छुट्टी के बाद जब स्कूल आयी तो पता चला कि प्रिसिंपल सर द्वारा पूरे स्कूल से 20 बच्चों को चुना गया है और उनका निबंध हेड council भेज दिया गया है। उसमे मेरी मित्र का भी नाम था।

जब मैंने अपना निबंध अपने टीचर को देने की बात दोस्तों से की तो क्लास में सभी मेरा मज़ाक बनाने लगे, और मेरी मित्र भी मुझे बोलने लगी कि क्या फायदा अब निबंध देकर, तुम्हारा निबंध तो प्रिसिंपल सर के पास भी नहीं जाएगा आगे का तो बात ही छोड़ो।और उल्टा तुम्हें डांट भी मिलेगा ।सब की बाते मुझे हतोत्साहित कर तो रही थी फिर भी मैंने हिम्मत करके अपना निबंध हमारे हिन्दी के सर थे उनको दे दिया। वो सर बहुत ही सीधे थे और किसी बच्चों को कभी डांटतै नहीं थे इसलिये मैंने निबंध क्लास टीचर को ना देकर अपने हिन्दी के टीचर को दे दिया।

जब सर को मैंने निबंध दिया तो उन्होंने भी कहा कि शिल्पा अब बहुत देर हो गई है सारे बच्चों का निबंध हेड counciil चला गया है और बच्चों का selection भी हो गया है।

तुम अगली बार किसी प्रतियोगिता मे भाग लेना। उनकी ये बात सुनकर मैं समझ चुकी थी कि मैं खेल में हिस्सा लेने से पहले हार चुकी हूं।मैंने अपनी हार स्वीकार कर ली थी।

लेकिन जब सर ने मेरा निबंध पढ़ा तो उन्होंने मुझे शाबाशी दी और कहा इतने छोटे उम्र मे तुमने जितना अच्छा लिखा है ऐसा तो बड़े क्लास के बच्चों ने भी नहीं लिखा है तुम्हें तो ये निबंध पहले ही दे देना चाहिए था। उस समय पूरे क्लास में मेरा वट बढ़ गया। सर की बाते सुनकर क्लास मे मुझे सबने कहा कि सर तुम्हारा मन रखने के लिए ऐसा बोले होंगे।

मैंने निबंध में एक दो स्लोगन लिखा था जिसे शायद मेरे हिन्दी टीचर ने सीनियर क्लास में पढ़ कर मेरे नाम की तालियां बाजवाई थी क्यूंकि लंच समय में कुछ सीनियर दीदी मेरा नाम लेकर मुझे खोजते हुए मेरे पास आयी और बोली तुम ही हो शिल्पा मैंने बोला हाँ तो वो मुझसे

निबंध और सैनिक के बारे में बहुत सवाल जवाब करने लगी मैं डर से उनके सामने हक्की बक्की और सहमी सी खड़ी ही रही क्यूँकी उन दिनों वो दीदी लोग का पूरे स्कूल मे राज था। उन्होंने मुझसे बोला तुम अभी बच्ची हो तुमको अभी खेल कूद मे ध्यान देना चाहिए।ये सब लेख वेख पर ध्यान देने के लिए अभी बहुत उम्र बाकी है तुम्हारी। उन्हों ने ऐसा क्यूँ कहा था मेरे समझ मे वो बाते आजतक नहीं आयी ❖❖❖..

एक सप्ताह के बाद prayer assembly मे, prayer खत्म होने के बाद अचानक एक announcement हुआ प्रिन्सिपल सर द्वारा - उनके शब्द थे - करगिल युद्ध पर राज्य स्तरीय पर सरकार द्वारा जो निबंध प्रतियोगिता का आयोजन किया गया है उस प्रतियोगिता में हमारे स्कूल से एकमात्र विद्यार्थि का चयन हुआ है जिसका नाम है शिल्पा साहा जो चौथी कक्षा की छात्रा है। और हम सबके लिए ये गर्व की बात है कि हमारे स्कूल की छात्रा का पूरे झारखंड के कॉलेज और स्कूल मिलाकर 11 वा स्थान आया है। ❖❖❖

मुझे बीच कैम्पस में बुलाया गया। मैं अपने लाइन से निकल कर बीच campus में गयी तो वहाँ मुझे स्कूल के सभी टीचर बधाई देने लगे। प्रिन्सिपल सर ने मेरे नाम पर पूरे स्कूल में तालियां बजावाई।

तालियों की गूंज आज तक मेरे कानो मे गूंजती है वो मेरे जिंदगी का पहला सम्मान वाला दिन था,

इसके बाद मुझे 15 अगस्त में डिफेंस ऑफिसर के द्वारा मेडल और certicate भी मिला। जो मेरे लिए बहुत बड़ी बात थी और आज भी है।

इस घटना के बाद एक और किस्सा जुड़ गया मेरे साथ वो ये कि मैं अब बड़े क्लास की दीदी लोगों को खटकने लगी थी और जिन दोस्तों का चयन हो चुका था मुझसे पहले उनका मेरे प्रति थोड़ा रोष भाव मुझे कई दिनों तक झेलना पड़ा।

लेकिन वो पल मेरे जिंदगी के लिए यादगार पल बन गए जिन्हें याद करके मुझे आज भी बहुत गर्व महसूस होता है!

2

आत्मा की आवाज

रेहान को पहली बार पुणे अपने MBA के Admission के लिए जाना था।

रेहान के पापा की नौकरी बाहर थी और उन दिनों उसके पापा जॉब पर ही थे। चूँकि रेहान की मम्मी एक टीचर थी और उनके स्टूडेंट का exam चल रहा था और साथ में रेहान की एक छोटी बहन भी थी जिसे छोडकर रेहान की मम्मी का उस समय पुणे जा पाना उचित नहीं था इसलिए रेहान की मम्मी ने रेहान से बोला कि वो 15 दिन रुक जाए पापा छुट्टी लेकर आ जाएंगे और मेरे भी बच्चों का exam खत्म हो जाएगा तब मैं या पापा ही तुम्हारे साथ चलेंगे, हमलोग आंख से देख लेंगे तो तसल्ली हो जाएगा।

लेकिन रेहान उनकी बात नहीं माना और वो अपने दोस्त के साथ जाने के लिए तैयार हो गया।रेहान शुभ काम के लिए जा रहे था इसलिये रेहान की मम्मी ने इस विषय पर ज्यादा बोलना उचित नहीं समझा बस उसकी बात मे अपनी हामी भर दी।

रेहान का गांव पाकुड़ जिला मे पढ़ता था संयोग से जिस दिन रेहान की ट्रेन थी उसे जमशेदपुर से ट्रेन पकड़ना था, लेकिन उसी दिन शहर में दो गुटों के बीच दंगा हो गया और शहर में कर्फ्यू लग गया।

उस समय जितने भी यंग लड़कों को देखा जाता था उनपर पुलिस की लाठी चार्ज होती थी।

माहौल बहुत ही गर्म था, माहौल की नजाकत को देखते हुए रेहान मम्मी ने रेहान से कहा कि वो इस बार पुणे ना जाए अगर पाकुड़ से गाड़ी होती तो एक पल के लिए रिस्क लिया जा सकता था लेकिन ऐसे माहौल में जब कोई गाड़ी नहीं चल रही है और कर्फ्यू भी लगा है इस हाल में बाइक से जमशेदपुर जाना सही नहीं होगा और रास्ते में नक्सल एरिया भी आता है तो रिस्क लेना समझदारी नहीं है लेकिन रेहान ने अपनी माँ की बात नहीं सुनी ।

वो बोला इतना पैसा खर्च हुआ है,अगर टिकट cancel हो गया तो फिर से सब कुछ करना होगा इसलिए आप टेंशन नहीं लीजिए मैं शॉर्टकट लेते हुए बचते बचाते जमशेदपुर पहुँच जाऊँगा।

रेहान की माँ ने रेहान की बात सुनकर इतना ही कहा कि जान है तो जहान है बेटा.......

*इसके बाद रेहान की माँ ने रेहान को टोकना उचित नहीं समझा।"

रेहान और उसका मित्र शाम के समय अपने बाइक से जमशेदपुर के लिए निकल गए।उस समय शहर और आसपास का माहौल इतना गरम था कि कब क्या हो जाए कुछ नहीं कहा जा सकता था।

रेहान की माँ के लिए वो दिन इतना भारी था जिसे शब्दों में बयां नहीं किया जा सकता।

रेहान के निकलने के बाद रेहान की माँ मंदिर मे बैठ गयी और बस रेहान की और उनके मित्र की सुरक्षा के लिए ईश्वर से प्रार्थना करती रही। रेहान के जाने के बाद रेहान की माँ सुबह के 3 बजे तक सोयी नहीं थी।

इधर रेहान को उसकी छोटी बहन लगातार कॉल किए जा रही थी लेकिन नंबर आउट ऑफ रेंज आ रहा था ऐसे में घबराहट और बढ़ते जा रही थी।

अमृत बेला में रेहान की माँ ने स्नान करके ज्योत जलाया और उसके बाद उनकी आंख लग गयी।

करीब 5 बजे के आसपास रेहान का कॉल आया और वो अपनी माँ से माफी मांगने लगा उसने बोला मुझे आपकी बात सुन लेनी चाहिए थी माँ मुझे घर से नहीं निकलना चाहिए था।

माँ ने पूछा क्यू बोल रहे हो ऐसा आखिर क्या हुआ है? तुम ठीक तो हो ना गाड़ी में ठीक से बैठ गए ना!!!!

रेहान ने बोला मैं तो ठीक हुँ माँ।

बस मेरी ट्रेन cancel हो गयी है और एक हादसा होते होते टला मेरे साथ रास्ते में घने जंगल के बीच मेरी बाईक को कुछ लोगों ने घेर लिया था।

वहां ना पेट्रोलिंग हो रहा था और ना दूर दूर तक कोई स्थानीय निवासी थे लेकिन पता नहीं ऐसे में कहा से एक पुलिस की गाड़ी आयी और हम लोगों को उनलोगों के चंगुल से बचाया।

पुलिस हमे भी पकड़ रही थी लेकिन हमारी सारी बात सुनने के बाद उन्होंने मुझे जाने दिया और बोला रोड वाले रास्ते से जाना।

वहाँ से जमशेदपुर 25 km की दूरी पर था,मैंने गाड़ी इतने स्पीड मे चलाई कि मुझे रास्ते का होश नहीं रहा लेकिन जब या स्टेशन आया तो पता चला कि गाड़ी cancel हो गयी है।

अगली बार रेहान के पापा को तो छुट्टी तो नहीं मिली लेकिन फिर भी अगली बार 15 दिन के बाद रेहान के साथ उसकी माँ ही पुणे गयी और उसका एडमिशन अच्छे से हो पाया।।

रेहान के जीवन की ये घटना ये सीख देती है कि अगर किसी कार्य के लिए आपके बड़े आपको कोई सलाह देते हैं तो उसे मान लेना चाहिए क्यूँकी वो परमात्मा का ही संकेत होता है।

रेहान की मम्मी को शुरू से रेहान का उस समय जाना खटक रहा था और उनका ये डर सही साबित हुआ साथ ही उनका आशीर्वाद भी उनकी रक्षा कवच भी बना।।।

3

प्यार नहीं मेरे बस की

प्यार तो सभी लोग करते हैं, लेकिन सच्चा प्यार मिल पाना बहुत आसान नहीं होता। सच्चे प्यार को दुर्लभ कहा गया है।

आजकल लोगों के रिश्ते जितनी जल्दी बनते हैं, उतनी जल्दी टूट भी जाते हैं। अगर किसी रिश्ते के पीछे स्वार्थ की भावना है या महज शारीरिक आकर्षण तो ऐसा रिश्ता बहुत लंबे समय तक नहीं चल सकता।

आजकल अक्सर पार्टनर्स के बीच छोटी-छोटी बातों को लेकर ब्रेकअप होने की नौबत आ जाती है। वहीं, तलाक की बढ़ती दर से भी यह समझा जा सकता है कि रिलेशनशिप में समस्याएं कितनी बढ़ रही हैं। जो सच्चा प्यार करते हैं, वे किसी भी हाल में पार्टनर का साथ नहीं छोड़ते। अगर पार्टनर में कोई कमी हो तो वे उसे दूर करने की कोशिश करते हैं, लेकिन रिश्ता नहीं तोड़ते। लेकिन जिनका प्यार सतही होता है या किसी न किसी मतलब से जुड़ा होता है, उन्हें पार्टनर से रिश्ता तोड़ने में जरा भी देर नहीं लगती।

कुछ यही कारण था कि शालू को कभी किसी से प्यार नहीं हुआ।

प्यार के नाम पर जिस्म का खेल ये तो शालू के टाइप का प्यार था ही नहीं। ऐसा प्यार शालू को कभी नहीं चाहिए था।

और वैसे भी प्यार करने के लिए थोड़ा समय भी होना चाहिए, और आपके पास अच्छे कपड़े और makeup सेन्स भी होना चाहिए जो कि उन दिनों शालू के पास नही था।

clg के दिनों में और लड़कियों की तरह शालू ने कभी तो मस्ती की ही नहीं

घर की परिस्थिति ऐसी थी कि बस दिमाग में ये बात आती थी कि कैसे घर में अपना सहयोग भी दूं, और पढ़ाई के बाद खाली समय मिलता था तो ट्यूशन पढ़ाकर बीत जाया करता था तो ऐसे में प्यार - व्यार का ध्यान ही कहां से आता ?

वैसे प्यार पर जोर कहा चलता है जब जिसके साथ होना हो हो ही जाता है शालू को भी प्यार हुआ हाँ हाँ ठीक सुना आप सबने प्यार हुआ लेकिन शादी के बाद

शादी के 15 दिन बाद ही lockdown लग गया पतिदेव अपने काम पर चले गये और इधर शालू रह गयी अकेली मायके में।

शादी के बाद पारिवारिक उलझन के कारण पति से प्यार के दो बोल बोलना भी मुहाल हो गया था,ससुराल और पति के बीच पीस कर रह गयी थी शालू जिसका पूरा गुस्सा उतरता था पतिदेव पर

कैसे नए couple में बाते होती है ये तो शालू को पता ही नहीं था ❖❖❖वो अपने पति को भी औरों से compare करती और बिल्कुल साधारण तरीके से बात किया करती ,अगर वो romentic बात करना चाहता तो शालू ही पीछे हट जाती थी

और फिर 3-4 दिन तक बात बंद कर देती थी.

शालू के हिसाब से romentic बात करना गलत होता था, उसे ये नहीं समझ आता था कि कोई और नहीं बल्कि उसका पति ही उससे romantic बात कर रहा हैं,जो एक पति पत्नी के बीच की आम बाते होती है

अब ऐसे में उसका पति बेचारा क्या करें? वो भी उसकी खुशी के लिए अपनी इच्छा को मार देता

*धीरे-धीरे शालू ने ध्यान दिया कि उसका पति उसकी खुशी के लिए उसके जैसा होने लगा है ,जो बात शालू को अच्छी नहीं लगती थी वो

बिल्कुल भी नहीं करता। बस वो शालू को खुश देखना चाहता था।*

उसने शालू को एक एक बच्चे की तरह यंग couple के रिश्ते के बारे में समझाया।

एक bf gf के रिश्ते और पति पत्नी के रिश्ते में क्या अन्तर होता है वो समझाया।

पति पत्नी के बीच के पवित्र बंधन के बारे में समझाया।

सबसे बड़ी बात कि lockdown के बाद जब शालू को अपने पति के पास जाना था उस समय भी उसने अपने रिश्ते को शालू पर छोड़ दिया और वादा किया कि जब तक उसे पति पत्नी के रिश्ते की समझ नहीं होगी तब तक वो शालू के करीब तक नहीं जाएगा।और ये उसने सिर्फ बोला ही नहीं बल्कि करके भी दिखाया

इतने अच्छे इंसान से किसे प्यार ना हो?

**शालू को अब अपने पति की ज़रूरत महसूस होने लगी

अपने पति की अच्छाई देख कर शालू के मन मे भी प्यार के फूल खिल उठे.

उसे समझ आ गया कि ये वो जिस्म वाला प्यार नहीं जिसकी कहानी वो सुनती थी और उसे डर लगता था।

अब शालू को प्यार का मतलब समझ आया और वो समझ गयी कि ❖❖❖❖❖ये है उसके तरह का प्यार❖❖❖.

4

आम के आम विकास का काम

अभी तक आपने आम के आम, गुठली के दाम वाली कहावत सुनी होगी। लेकिन आज मैं आपको आम के आम विकास का काम की हकीकत से रूबरू कराने जा रहीं हूं।जब मैं छोटी थी तो मेरे पिताजी मुझे इस घटना के बारे में बताएं थे जो मैं आज आप लोगों से साझा करने जा रही हूँ

❖❖❖

दरअसल,हजारीबाग जिले का एक लोचर गांव है जो हर तरफ आम के पेड़ की हरियाली से घिरा हुआ है।मात्र सत्तर परिवारों की आबादी वाले इस गांव में इन पेड़ों की वजह से न सिर्फ हरियाली है,बल्कि हर तरफ खुशहाली भी है।इन पेड़ों को लगाने और फिर उसके विशाल रूप लेने की कहानी 1994 से शुरू होती है। तब सुधीर प्रसाद नाम के व्यक्ती हजारीबाग जिले के उपायुक्त बनकर आए थे,उन्होंने कुछ अलग करने का सोचा।इसी सोच के तहत सुधीर प्रसाद ने केरेडारी प्रखंड के लोचर गांव के चारों तरफ वन भूमि पर आम के 300 पौधे लगाने का तत्कालीन डीएफओ बीके बरियार को निर्देश दिया। इसके बाद पौधे लगाने की शुरुआत हुई।

अभियान के तहत तीन सौ पौधे लगाए गए, लेकिन उनमें से 200 पौधे ही बच पाए। उन पौधों ने अब विशाल रूप ले लिया है और उनमें बड़ी

संख्या में फल लगने लगे है।

स्वाद से भरे आम, खुशहाली के आ रहे काम।

लोचर गांव की जमीन पर लगे इन आम के पेड़ों से न सिर्फ रसदार फल मिल रहे हैं, बल्कि वे बेहद स्वादिष्ट भी हैं, जिससे उनकी बाजार में काफी मांग है।

सरकारी जमीन पर लगाए गए आम के इन पेड़ों पर लोचर गांव के लोगों का अधिकार है। खास बात यह है कि जब फल पककर तैयार हो जाता है तो पहले गांव वाले तय करते हैं कि उनके बीच कितनी संख्या में आम का वितरण होगा। तय संख्या के अनुसार आम गांव वाले आपस में बांटते हैं फिर जो आम बचते हैं उन्हें बाजार में बेच दिया जाता है।आम को बेचकर जो पैसा मिलता है,उसका इस्तेमाल सामुदायिक विकास के कामों के लिए किया जाता है। इन पैसों से शौचालय,सड़क,नाली का निर्माण तो किया ही जाता है साथ ही गांव में सिंचाई सुविधा को दुरूस्त करने और मंदिर के लिए भी उसका सदुपयोग होता है। तो हुई ना ये बात - आम के आम और विकास का काम ♦♦♦♦♦♦♀?

5

औरत ही तवायफ़ क्यूँ कहलाई?

कपड़े तो दोनों ने उतारे थे,,
फिर औरत ही तवायफ़ क्यूँ कहलाई??
पैसे लेकर उसने
अपना जिस्म बेचा
देकर मुआवजा तुमने
अपनी हवस मिटाई
फिर औरत ही तवायफ़ क्यूँ कहलाई??
उसकी मजबूरी उसके
जिस्म पर बन आयी
तुम्हारी ऐयाशी ने
उसके जिस्म को खाई
फिर औरत ही तवायफ़ क्यूँ कहलाई??
मिटा कर तुम्हारी तृष्णा
उसे मिली जग की रुस्वाई
हुई शांत तुम्हारी तृष्णा
फिर भी रंडी तो वो कहलाई
औरत ही तवायफ़ क्यूँ कहलाई??

शिल्पा साहा

रातें हुई रंगीन तुम्हारी
दिन भी तुम्हारे नाम हुई
खोकर उसने दिन सुनहरे
सारे आम बदनाम हुई
औरत ही तवायफ़ क्यूँ कहलाई??

6

सुमिरन

बोझिल था ये जीवन,
ना थी मुझमें जिजीविषा,
बन अनघ इस जीवन में।
आए हों आप प्रभु,
अभीभूत हूं आज।।
पाकर आपका साथ।
सुवासित कर जीवन को,
दी आपने नयी साँस।।
जान यूँ दीगर खुद से,
बिसार ना देना मुझको,
बना मुरीद हरदम।
पास रखना मुझको,
बयां करूं मैं कैसे,
अकथ है ये एहसास।
दे अवलंब इस जीवन को,
किया आपने अतुल एहसान।।

7

आयी देखो शरद की बयार

बारिश की फुहार के साथ देखो आयी शरद की बयार,
धवल चादर बिछी है फिजा मे चहुं ओर
घटने लगा देखो अब तो सूरज का भी ज्वार।
बैठ गई धूप भी आकर अब पीपल की छांव में
आ रही है देखो ठंड बैठ बादलों की नाव में।
थर थर थर कांप रहें हैं टिकते नहीं कुछ हाथ पांव में
नीर ने भी ले लिया पनाह अब देखो बर्फ छांव में।
अज़ीब है कितनी देखो ये रुत भी,
है एक मगर नहीं है एक सी ये फिर भी।
सबके जीवन पर एक छाप अलग ये छोड़ जाती है।
अर्थ अलग और मायने अलग सबके लिए ये लाती है।
सब को अलग सी अनुभूतियाँ जाने कैसे दे जाती है।
ठंडक किसी को, तो किसी को तपिश,
आह्लाद किसी को तो किसी को यादे सुख दे जाती है।
सुकून कहीं तो, कहीं हाहाकार
हर को अपना रूप अलग ये दिखलाती है।

8

दोस्ती

माना नहीं कमी दोस्तों की तुम्हें,
पर हमारे जैसा प्यार कहाँ से लाओगे।
दोस्ती में कुर्बान कर जाए जो जान,
वो जिगर कहाँ से पाओगे।
तन्हाई की महफ़िल में अपने,
मेरी यादों से कैसे बच पाओगे।
चलो वादा रहा ऐ दोस्त,
बनालो चाहे जितनी दूरियां।
जहां भी जाओगे,
खुद मे मुझे ही पाओगे।

9

आहट

ना जाने किसकी आहट पर,
यूँ खींची चली आयी मैं।
वो था साया किसका,
थीं किसकी वो परछाईं।।
चाहा जिनसे मिलना,
क्यूँ उनसे मिल ना पायी मैं।
एहसास है वो मेरा,
है वो मेरे रग रग में।।
महसूस किया है जिसको,
क्यूँ उसको छू ना पायी मैं।।

10

पाजेब

नादानियां तो लाखो करनी है
मुझे तुम संग इश्क में,,,
संजीदगी के पीछे की शैतानियां
अबतक देखी कहाँ हैं तुमने,,,
तुम्हारे आँगन से लेकर दिल♥? तक
शोर करना चाहती हूं अपने पाजेब की धुन से,,,
थाम कर ये हाथ����� बस इक बार
बंध जाओ तुम इस पाजेब की धुन से......

11

चाहत

कशिश है वो इन आँखों में,
डूब जाने को जी चाहता है।
अरमा है जो दिल में आज,
कह जाने को जी चाहता है।
एहसास बन मन में तेरे,
बस जाने को जी चाहता है।
लहू बन रग रग में तेरे,
बह जाने को जी चाहता है।
चाहत तो है लाखो मगर,
पाने की चाहत में तेरे,
कुछ ना पाने को जी चाहता है।।

12

"घरेलु हिंसा"

घरेलु हिंसा नाम सुनते ही महिलाओं की उत्पीड़न सामने आ जाती है लेकिन मेरा मानना है कि सिर्फ महिलाये ही नहीं पुरुष भी घरेलु हिंसा का शिकार होते हैं, कभी कानून के बनाए नियम को महिलाओं द्वारा गलत तरीके से उपयोग होने पर तो कभी अपनी मान प्रतिष्ठा को बरकरार रखने के लिए। कम शब्दों में ही कुछ बाते आप सभी तक पहुंचाना चाहती हूं आशा है कि आप शब्दों की गहराई तक पहुँचेंगे।

होती हैं आखेट महिलाये,
जिसे हिंसा घरेलु कहते हैं।
हमने तो पुरूषों को भी अक्सर,
हिंसाआखेट का होते देखा है।।
माना दहेज के लिए पुरुषों को,
जलाया नहीं जाता है।
हमने तो रफ़्ता-रफ़्ता पुरूषों को,
दहेज के झूठे नाम पर गलते देखा है।।
हो जाती है दूर परिवार से स्त्रियां
ये तो रीत समाज की होती है।
हमने तो पुरुषों को भी अक्सर ,
विरह की अग्नि में तपते देखा है।।
अनपढ़ हो ग़र स्त्री तो क्या?

पुरूष के बाहों का वो हार फिर भी बनती है।
हमने तो निरक्षर पुरुषों को अक्सर,
कुशल स्त्री के कदम चुमते देखा है।
रो लेती है महिलाये जी भर,
हर दर्द छोटी सी ज़ख्मों में।
हमने तो पुरूषों में आंसुओ के
सागर को बूंद में दबते देखा है।।

13

खुद की तलाश

खुद की तलाश में,,,

एक उम्र बीत गयीं...

खुद को पाया तो,,,

दुनिया रूठ गयी...

तलाश तो पूरी हुई मगर,,,

अधूरी रह गई कुछ ख्वाहिशें...

वो ख्वाहिश जिन्हें पाने को,,,

तमाम उम्र भटकते रहे...

ना जाने किन-किन,,,

अंधेरी राहों के पीछे...

कभी खुद को पाने की आश में,,,

तो कभी अनजानी तलाश में...

कभी इसका दिल रखा,,,

कभी उसका दिल रखा...

इस कशमकश में भूलती गयी,,,

खुद का दिल कहाँ रखा...

खुद की तलाश में,,,

एक उम्र बीत गयीं...

खुद को पाया तो,,,

दुनिया रूठ गयी...

14

रंग दो मोहे श्वेत रंग में

चुनरी मोरी हो गयी है श्वेत रंग,
जब से ढली मैं श्याम रंग में ।
है सांवरा मेरा श्याम सलोना,
अमाना उसने मुझे अपनी श्वेत छाँव में।
ना रही मोहे सुद्बुद्ध जग बैरन की,
हुई सवार जब से श्वेत नाव मे।
ना भाये मोहे अब लोक सतरंगी,
पनाहगार हुई अब श्वेत गांव में।
रंग दो मोहे श्वेत रंग में ।।।।